狄金森诗抄

{下}

The Collected Poems by Emily Dickinson

周林东——译

人民文学出版社

Wild nights – Wild nights!
Were I with thee
Wild nights should be
Our luxury!

Futile – the winds –
To a heart in port –
Done with the Compass –
Done with the Chart!

Rowing in Eden –
Ah, the Sea!
Might I but moor –
Tonight –
In thee!

死亡 749

除了死亡,一切好办——
王朝可以修补,
体制可以与时俱变,
城堡可以清除。

荒漠可以花草生长,
只需春日来到;
可是死亡不可救药,
永远铁定模样!

爱的顺应 751

我很怀疑自身的价值——
我怕他优势多多;
我把自己一一作对比,
立刻显出了笨拙。

我常常觉得有些不安——
怕爱得不如所需,
这么个最重要的思虑
占据了我的心田。

是啊,爱有神的品性——
卑微而没有傲气;
它正好像是一个巨人,
没有更高的可依。

于是,我这平凡之居
就这样被他选定;
我的灵魂像是在教堂,
圣典中安于顺应。

759 人生

赤条条他投身行伍,
浴血枪林弹雨;
似乎生命别无用途,
打仗唯一所需。

他有胆量邀约死亡,
死亡却羞答答,
就像别人想躲避它;
他觉得很窝囊。

战友们像风卷雪片
已不知去向;
他一直在祈求死亡,
却安然无恙。

鸟为谁歌 760

最感动是她的无言,
行为令人称赞;
她的身材娇小灵便,
方便你做慈善。

就算我只有面包屑,
就算饿殍遍野,
就算是不吃就饿死,
不忍她的恳切!

不屑用下跪来求人,
食客从天而降;
叼起了面包便起身,
继续高高飞翔。

我在设想:忽然间
赞美声声悠远——
她在旷野歌声婉转,
为自身,为人们。

这位有翅膀的乞者,
她在教我领悟:
施恩的人有福气了,
歌声为他祝福。

761 死之旅

从空白引向空白——
了无线索之路,
我的呆板脚步,
是止是死是往前——
一概心不在焉。

若竟然到达终点——
终点就在那边,
门户铁定畅达,
我合眼摸索向前——
亮得教人眼瞎!

762 生之褒奖

它并非整体一次到位,
而是一步步谋害:
先一刀,再给以机会,
让福分一一败坏——

像猫放走被抓的老鼠:
它故意松开牙床,
让猎物发挥逃命速度,
玩够再嚼成肉酱。

于是,死成了生之褒奖,
如果半死不活,
这是最求之不得的愿望——
立刻一命呜呼。

763 生之无辜

那张脸就是故事——
双颊泪迹点点；
虽然还是个孩提，
岁月痕迹斑斑。

脸上爬满了皱纹，
不知什么叫吻；
雪花贴他的脸颊，
鸟儿和他相亲。

也许妈已经入土，
爸在海上飘零——
可能也去了天国，
无可相依为命。

阴间的各位居民，
阳间这个国家，
这位赤脚小公民，
谁救赎得了他？

预兆

764

草地上长长的影子——
　　表明太阳就要下落；
受惊的小草收到通知——
　　黑暗马上就要路过。

信念

我的信念比群山大,
如果群山衰秃,
它便驾起红色巨轮
给太阳指出路——

它首先攀上风信标,
然后爬到山上,
接着它走遍全世界,
怀抱金色愿望。

若信念失足落空了,
鸟儿不再飞升,
花儿在花床里睡觉,
天堂没了钟声。

所以我不怠慢信念,
它是众望所依;
那是我欺骗老天若
信念铆钉出事。

767 人性·神性

大家要勇敢地
帮助孤苦的人；
一人难阻许多悲剧，
人要有人性。

神性更有作为：
把充沛的精力
赋予无名无氏之辈，
祝福他努力。

无题 769

一和一,是一,
二的美妙用途
只在学校里,
小小选择里无——

活着然后死掉
就叫永恒——
也是一,多了,
灵魂难以包容。

挑战绝望 770

恐惧养育我的生命,
需要激励的人
就必须与危险为邻,
别的都难以成——

像马刺驾驭着灵魂,
拼命一心前往;
无须烦劳大小鬼魂,
便敢挑战绝望。

道理 771

没接受过补贴的人,
不知什么叫定量;
若不是因为缺玉米,
怎么会出现饥荒。

匮馑不过是小玩意,
总有办法不匮馑;
穷困不该是指财富,
有产者可能赤贫。

痛苦 772

痛苦神圣非凡,
一如天堂那般;
用全副肉体作代价,
可能只到半山;

敢于拼搏硬汉,
不肯歇在半山;
最后到达了山顶,
得个皆大喜欢!

774 天上的事

一阵阵孤单的歌声,
竟能圣洁心灵;
这歌声唱和着风声,
从远处而临近。

无意间听到这歌声,
无缘无故快意;
你看不见也逮不成,
那是天上的事。

781 爱的等待

等一个小时觉得太久,
如果爱可望不可即;
等一个永恒不成问题,
如果爱最终能拥有。

无题 782

有一种乏味享乐
不同于欢乐,
就像霜有别于露,
虽同一元素。

有的人很喜欢花,
有的讨厌花;
酸得结块上等蜜
于蜂无所值。

787 幸福的魔力

这就是幸福的魔力——
稍用劲能托一吨,
靠了幸福的激励。

苦难,它能撑持,
虽然筋肉扛不住;
幸福之货物
源源不断,让意识
慢慢地感知。

790 大自然

大自然——慈祥的母亲,
对孩子十分容忍,
无论是孱弱是任性,
她一视同仁。

森林里或山岗上,
路过就看到——
小鸟在又飞又唱,
松鼠上蹿下跳。

大自然言语细腻,
夏天的午后,
一家子一起絮语;
太阳下山后——

大自然便在过道
招引蛐蛐鸣叫,
无名的小花,也
撮起小嘴祈祷——

小孩都睡着了,
大自然轻手轻脚
去到天上点灯,
然后从那里躬身——

怀着无限的慈爱,
怀着无限关怀,

把手指贴在唇际——
祝愿天下安谧。

知足 791

上帝发面包每只鸟一条,
我只分到一点碎屑,
我虽然犯饿,舍不得吃,
那是我养眼的奢侈。

拿着它我整天不亦乐乎,
我把它捏成了小球;
小麻雀我对机遇很满足,
哪敢有更大的希求。

人世间常可能饿殍遍地,
我该珍惜每一粒米;
我的餐桌总是笑语充盈,
我的谷仓从不见底。

富人的心思我并不知道,
比如那印度的伯爵;
我认为虽然我不很宽裕,
比得过他们的王储。

即景 794

一滴落到了果树叶，
一滴落在了屋顶，
五六滴去亲吻屋檐，
惹起了一派笑声。

好些滴去帮助小溪，
然后再去帮大海。
它们像一串串珍珠，
拥有项链的光彩。

大路小路一尘不染，
小鸟们边唱边玩；
阳光把草帽甩开了，
灌木丛星光闪闪。

和风吹起轻软小曲，
婀娜着草地沐浴；
东方亮出彩旗一面，
宣告又一个灿烂！

愧疚 795

这是她最后的夏季,
我们却不愿去想;
家务她全身心操持,
我们早习以为常。

她那倔强的生命力
源源从内心涌出;
死神忽然照彻脆弱,
挑明生命之仓促。

我们这般熟视无睹,
及至已空无所见;
眼前这方大理石碑,
反衬我们的愚顽。

我们用愚顽和冷漠,
把亲爱的人累倒;
逝者多么精疲力竭,
我们曾何其逍遥!

巨人与小人

跟巨人交往的人,
羞与小人为伍,
小人的小心眼儿,
使他很不舒服。

小人却总想高攀——
像夏天的蚊子
一味在空中飞舞,
似乎还挺自负。

798

看鸟

用羽翼她赢了个弧,
有争议,再飞升;
这一次不再是评估,
是忌妒,是人们。

看哪,她把圆之边
稳稳地驶了一周;
惊涛中回到了家园——
那她出生的枝头。

799 苦难的价值

受苦受难到了绝地，
也能有所收益——
从反面得到了帮助，
学会向死而起。

苦难所能给的价值，
是对死的价位
作了实实在在品尝，
一如品尝美味。

我们由此有了意识——
体验亲自在场；
苦难只是隔靴搔痒，
除非经受打击。

809 爱的名字

死神奈何不了被爱的人,
因为爱的名字叫不朽,
它具备了神性。

死神奈何不了爱人的人,
因为爱把生命灌注,
使凡人变得神圣。

810 慈悲和赞美

她的所有全都是慈悲,
只是难得表露出来;
如果你真想多多认识,
请你首先学会赞美。

812 怀念春光

明媚活跃在春天,
一年里别的季节
它就是不愿意露面——
除非三月要来了。

色彩站得远远的,
躲在孤寂的荒原,
科学也很难以企及——
唯心灵能有所感。

它待在青草坪上,
出现在高处枝杈,
且看那最远的坡上——
几乎要向你说话。

然后地平线偏移,
一个个正午消逝,
它的通报无声无息——
它走了我们留滞。

一个沉重的损失
感染我们的情绪,
好像那世俗的交易——
忽然间闯入圣礼。

816 生命的花朵

生命的花朵,有的人
　　只开放于死神的一击;
活着时他们默默无闻,
　　死后才焕发青春活力。

824 暴风雨

用低沉的威胁腔调,
风开始动摇草;
他向大地挥舞恐吓,
他向天空长啸。

树叶纷纷枝上脱钩,
四面八方飞逃;
尘土卷起一双双手,
要把道路甩掉。

街道上大车快马加鞭,
雷声隆隆而下;
闪电裂一道黄色鹰啄,
天空亮出电爪。

鸟儿们回巢闩了门,
牲口飞奔进棚;
天上掉下一大颗雨,
接着,像掌门人

打开了堤坝的大闸,
洪水掀翻了天;
爸爸的房子躲过一劫,
只一棵树劈断。

亲人

825

一小时是一片汪洋
横在亲人和我之间——
亲人是我的避风港。

826 爱情像什么

爱情自个儿在思索,
太阳说:"你像我。"
爱情从没想能发光,
不知自己像太阳。

知更

828

知更也真是
鸟如其名——
一清早就匆匆通知
三月已现出身影。

知更也真是
天使般多情——
用充盈正午的歌宣布
四月已开始忙碌。

知更也真是
专心致志——
呆在家里不作声,
认定信心是神圣。

829 乡村墓地

把这张床做得宽舒,
要显得威风大气;
然后静候审判开庭,
判决公正而如意。

床垫要铺张得正直,
枕头要做得圆软;
大白天的无聊喧嚣,
别打扰这块地盘。

832 未发现的大陆

去发掘自己吧,所图!
在你内心世界的版图,
有个"未被发现的大陆"——
你心智的王国还没人住。

躬身 833

也许你看轻我躬身,
我并不为耻;
耶稣躬身忍辱至死,
使徒为了铭记

耻辱,举行盛大圣典,
把爱冷却锤炼,
躬身入土,不都是为
重获至高尊严?

无题 834

他来之前,我们掂了掂时间——
它既重又轻;
他走之后,我们肩起了一担——
沉重的空虚!

有感 835

自然和上帝我都不认识,
他们对我却了如指掌;
就好像他们俩是执行官,
不时从背后击我一掌。

但他们讲不出我的隐私,
我对此防范相当严密,
好像天王星的私人存折,
或像墨丘利的浪漫事。

836 上帝与真理

真理跟上帝同龄,
两个共一个命运;
跟上帝一样古老,
与上帝共享永生。

哪一天真理死去,
上帝也难以生存;
空踞着偌大庙宇,
却再也没有灵魂!

挑战 838

"不可能"三个字像酒,
令人兴味百倍;
爱品尝的人,当然就
认定"可能"乏味——

无非"机缘"滴几滴料,
做成好像是酒;
把你陶醉得不得了,
于是铸定命数。

日子 839

总是有我的!
不再有闲适!
光开启一天的序幕!
像四季跟太阳运转,
自然而圆满。

美德依旧,课题常新,
东方实在古老,
在他华丽的节目单里,
每个黎明,排在第一。

840 爱的终了

这可是件非卖品,
世上再没有别的,
曾属我的是唯一。

我呀太忘乎所以,
它出走洞开的门,
留下我形单影只。

只要我能找到它,
我不怕路途遥远,
不在乎花光积蓄。

我只想当面一问:
"您,这就是尊意?"
然后,掉头走路。

843 我的财富

我生财缓慢,但收益
稳定得像太阳;
每天晚上,数目总是
比前一个增长。

每天的收益不一般,
我无形的财富
如果用推理作判断,
所得多于总数。

春天 844

春天是上帝
发来的快件,
在另外的季节里
他亲自接见。

但三四月里
没谁敢伸展——
除非已经跟上帝
有亲切交谈。

感怀 846

夏季已两次给旷野
披上美的碧绿，
冬季已两次在河面
划出银色条纹；

为松鼠你已贡献了
两个结实秋季；
造化呀，怎没一颗草莓
为你漂泊的鸟？

847 失败与冒险

失败有限,无限才是冒险,
一艘大船破浪驶向彼岸,
不在乎曾经有过灭顶之灾,
许多英勇舵手已然不在!

850 黑暗与歌声

我唱着歌儿用心等待,
把软帽戴好系牢,
然后把家门关了扣好,
然后没啥要做了。

只等好听的脚步逼近,
白天我们同跋涉,
互相诉说曾经用歌声
努力把黑暗驱除。

致多疑者

861

切开云雀——你找到音乐了!
圆圆润润,银球般滚;
但再也不是夏日晨曲,
你且留着,当老听众!

挖个堤口——你看到洪水霸道了!
一波一波,你且留着;
血红的实验!多疑的多马!
你还怀疑你忠诚的小鸟?

距离 863

我们之间的那个距离,
不是海洋也不是陆地;
不同的目的成了隔阂,
好像赤道把地球割开!

875 有感

一块板到另一块板,
我半步不敢粗率;
头上的星星往下看,
脚下是汪洋大海。

这一步我可能还行,
下一步很难预见;
这就叫作如履薄冰,
有人说叫"经验"。

孤坟 876

这是座孤坟，没有墓碑，
也没有围栏护卫；
多亏好心好意的土地神
收留了一个孤魂。

由谁来安葬？是何死因？
本地鬼么？外乡人？
我顿发这一通好奇心，
不是想抚慰何人。

等到复活节这天，我猜，
孤魂有个小请求——
坟头上有人插一株玫瑰，
坟边荆棘被清除。

思念 877

每一块痕为他保留,
说那都是宝石;
他不在的漫长日子,
我戴最贵一粒。

我流过的每一滴泪,
若向他报总数,
他准定会流得更多,
直教我数糊涂。

太阳

878

太阳微笑或者严厉
全看咱们行为——
咱若欢喜它更欢喜,
咱若想见死鬼

或者希望来个末日,
它反而更光辉。
它给咱们无量欢愉,
不用咱们付费。

880 鸟儿·玫瑰·女士

鸟儿唱歌赚取小米,
调子虽然好听,
若不能唱开那玫瑰,
早餐便属于零!

玫瑰年年添彩花卉,
为女士的抽屉;
若女士百年才一位,
玫瑰也属多事!

怀 882
念

一片阴影掠过脑际,
像正午
乌云把太阳光遮蔽；
记忆忽

浮现久已无语面容,
唉，上帝，
你给了我所爱，却总
又带离！

诗人们 883

诗人们只提了灯
便出场;
他们修剪灯芯
使灯旺——

能像太阳般通过
岁月透镜,
散射出无比光辉——
四面八方。

海 884　无际的闪闪银币
　　　　沙的绳子
　　　　护着陆地
　　　　不至于被它蚕食

887 爱的式样

爱也好像是别的物件,
旧了便被搁置在一边,
直到有一天终于发现——
爱像祖父的衣服式样,
非常朴素,古色古香!

888 一个臆想

每当我看到太阳出现——
　　从他那令人惊叹屋宇,
在家家门口放个白天,
　　给每个地方留下业绩;

但他不要求半点名利,
　　而且总永远无声无息;
我于是想地球像只鼓,
　　盼望孩子们前来敲击!

891 大自然的哨兵

我听见树木在商议,
灌木丛都是响铃;
我找不到躲藏之地,
到处大自然哨兵。

设若我躲进了洞穴,
四壁便开始讲话;
宇宙像开了大缝隙,
我处光天化日下。

有感 898

忘记了从前的幸福,
只记现在的痛苦,
这种不幸一目了然——
它使回忆之花圃

在十一月举步维艰,
非得等我变勇敢,
小孩般迷失了道路,
冻死在一边。

给903

我把自己藏在花里，
在你花瓶边凋落；
你呀，一点没察觉，
在自怨自叹寂寞！

经 910
验

经验总沿着既定的路,
宁愿违反头脑思考;
这说来简直十分荒谬——
头脑自以为在领导。

复杂多变是人间的事,
充其量,人的训练
只不过是在迫使自己
选择那注定的苦难。

915 信仰之桥

信仰是座无墩之桥,
支撑我们看见
肉眼看不到的目标,
目标单一高远。

信仰大力背负灵魂,
像山岩般坚定;
用钢铁的手臂抱紧,
在薄纱后进行。

于是我们终于明了:
路远而脚乏力,
这样一座无墩之桥,
正是第一所需。

爱917　爱的存在先于生命，
　　　她无视死神；
　　　爱即是创造的开始，
　　　给大地作证。

919 心愿

若能帮一颗心免于残破,
我便不算白活;
若能减轻一个人的痛楚,
或缓解一种痛苦,
或帮助一只雏鸟
回到树上的窝,
我便不算白活。

太阳

920

咱们只能跟随太阳,
听恁他的走向;
他身后留大堆人马,
杂在一块跟上。

咱们到达大地门前,
再也难以走远;
那些门板一一反转,
再也难有所见。

另一征途 922

有些人早已进了墓，
有些今天上路；
咱们还在忙忙碌碌，
死是另一征途。

勇敢者不抢先涉足，
虽然功绩显著；
一旦对死神作让步，
传递便止于无。

耐心 926

耐心的模样很平静,
可是它的内心
有虫儿在用力噬咬,
没完没了。

熬过一场又来一道,
逃避已是徒劳;
耐心,就是用微笑
打发煎熬。

929 天堂和地狱

天堂之门有多遥远?
死亡之旅可到达——
涉过河流,越过山峦,
却不可能有发现。

地狱之门有多遥远?
死亡之旅可到达——
终点的奖品是墓穴,
地理形式无须选。

931

天的印象

正午——大白天的铰链，
黄昏——薄纱似的门扇，
清晨——东方轻轻拍窗，
直逼得一家家门户开放！

937 失落的思想

像把斧子倏忽劈木,
　　我的脑子分崩离析;
我赶快努力去修补,
　　已经没法差强人意。

我抓起后边的思想,
　　尽量往前边的贴近;
像小球散落在地上,
　　已没法把它们收紧。

946 高尚的想头

这个想头诚实而高尚,
很值得人脱帽致敬;
就好像在异乡的街头,
不期然遇到了乡亲。

"人人都有个永久去处。"
这个想头十分美好;
且看那金字塔在剥落,
王国废果园般萧条。

947 丧钟

敢问丧钟为何敲响?
"有个灵魂去天堂。"
答话语调饱含悲戚,
好像天堂是牢房!

钟声既然是要告知
有个灵魂在天堂,
钟声悠远自有新意,
那该是好事一桩。

红霞 950

红霞落在小屋脊,
这不是背信;
生活才会背信呢,
此刻它西沉。

红霞落在小屋脊,
早晨开始了;
太阳你究竟咋的,
你目空一切?

霜冻

951

霜冻被认为
最具威力,
它胡作非为
这里那里。

在太阳光下
花园冻裂,
光天化日下
只见萧瑟。

好一派惨象
难以除污;
生命更顽强——
就在某处!

对比 953

一扇门忽然向临街打开,
落寞的我正好走近;
一大股温馨散发了出来,
富裕之家笑语充盈。

这扇门忽然之间又关住,
落寞的我正好经过;
我益发感到双倍的落寞,
对比,突出了悲苦。

好去处 963

一味苦恼会好像是
深深陷入绝境,
忧伤变得没有边际,
像由条文规定。

到安静的郊区走走,
它会教你满足;
大片大片田地,都
禁止苦恼涉足。

痛苦 967

痛苦扩展时间，
把一代代紧卷；
虽然圈子很小——
一个孤单头脑。

痛苦收缩时间，
用了真枪实弹；
全盘占领永恒——
好像进驻空城。

大山

975

大山端坐在平原上
他那把大椅子里,
俨然老者极目四望,
探询每一块土地。

四季在他脚下游戏,
像孩子围着老师;
大山是岁月的先祖,
混沌初开天辟地。

死与灵 976

死亡跟灵魂对话：
"消灭！"死亡声言。
灵魂这样回答：
"先生，我自有信念。"

死亡不信，想争，
灵魂转身走掉；
他为了留下明证，
脱下肉身外套。

潜心 985

若已失去仅有之物,
我不会在乎其他。
如果没有什么事物
比地球脱钩重大,
或太阳眼睁睁消失,
或发生更大事项,
我不会因好奇抬起
埋头工作的目光。

蛇 986

草丛中盘着条长家伙，
时不时展身扭动；
你多半也见过这家伙——
忽然之间他出动——

忽然间草丛梳出一线，
现出一支花斑箭；
那箭头刷过你的脚边，
梳开草丛窜向前。

这家伙喜欢潮湿泥土，
那号地不种玉米；
年少时我喜欢在中午
光着脚到处寻觅。

有一次，余光里我发现
阳光下一条皮鞭，
于是我回过头弯身捡——
鞭子一扭就不见！

大自然生灵我有相识，
相互关系还可以，
我觉得他们都很亲切，
胆小羞涩爱回避。

可是我对于这个家伙，
一看见了就哆嗦，

即使有人伴在我身边,
脊骨还凉到冰点!

树叶 987

树叶,像女人,相互
表示诚心诚意,
颔首点点头,或自负
其有重要见地。

这两者,双方都各自
掌控着些隐私——
这项不容违反的条例
已是众所周知。

988 美的定义

若要给美下个定义,
美实在难以划一;
天堂的定义好分析:
天堂加上帝是一。

998 好的东西

最好的东西在暗处——
思想、公正、珍珠。

尽量避开公共视线,
合法而且稀罕——

像帽子扇一阵风起,
脑子出个主意;

像刺栗果到处粘撒,
胚芽之胚在哪?

999 美德与太阳

太阳是个多余，
如果美德死去；
太阳必然天天多余，
如果每天每时

总只听说信仰
能够拯救绝望；
"我去看你"只是口惠，
爱怎能不绝望？

太阳名声无限；
我们到了时限，
星星般无声陨落于
洋洋大观的天。

晨曦 1000

光的指尖
轻轻点醒小城:
"我很重要不能等,
快快让我进城。"

城说:"你来得太匆匆,
人们还在梦中;
我可以让你进城,
不要吵醒他们。"

光是位随和的客人,
可是一旦进了城,
它那么笑容可掬,
立刻觉醒了男男女女。

池塘边那位邻居
一屁股坐了唱歌;
小虫也举起口杯
迎接光的露水。

偶成 1004　大地的静谧，再也没有比
它包容更多沉寂；
若把它提起，造化会丧气，
世界则噩梦不止。

坚贞 1005

捆绑，我仍旧能唱，
放逐，我的曼陀林
在内心弹奏真曲；

杀戮，我的灵魂向
天国飞升、低吟，
我依旧是你的。

名声 1006　我们先听到他的死讯,
后来又听说他出名;
由于死讯得到了验证,
所以有日后的名声。

家 1010

背个包爬生活之巅,
如果山路陡,
如果我丧失了勇敢,
下一步难走,

脚力已不如所希望;
原先曾以为
无家无累,如今多想
有个家可归。

1013 爱的付出

为你而死,那太渺少了,
像傻气的希腊人;
活着,亲爱的,才叫付出,
我想要做得隐忍——

死太容易,一眨眼工夫,
我要活着,也就是
一次又一次地活过来,
不许有片刻安息。

偶成 1014

就算你把冰霜尽除，
夏天也不愿停留；
一年四季更迭有序，
岂由人随心所欲！

有感 1017

说死了没有死相,
说活着没有活样;
这可是幅大奇景,
深奥得难以置信。

盲者 1018

无缘见日出的盲者,
难以想像壮丽;
他甚至于无法揣测,
揣测需要视力。

光侨居了,白日告罄,
盲者心知肚明;
明眼人落入了苦境,
努力寻求光明。

1026 西去的人

西去的人所需很少——
一杯水,亲爱的,
一朵花的平凡容貌
点缀那堵墙壁,

或许还需一习凉意,
伴着朋友的悲戚;
彩虹肯定黯然失色,
当你离去。

1031 命运与意志

命运杀戮他，他不死，
命运砍伐他，他不倒，
命运把他架上尖刺，
尖刺一个个变钝了。

命运下狠心除灭此人，
用尽最狠毒的手段，
他不动不摇面对命运，
终于被认定是好汉。

1034 啄木鸟

他的喙是钻探器,
头上戴顶褶边帽;
他精通叼虫小技,
一棵树一个目标。

1035 家蝇的信

蜜蜂！我在等你！
昨天我对人说
你一定会
及时回来。

青蛙上周到家
已安顿好，干活了，
鸟儿也大多回来了，
三叶草长势很好。

我这信你十七号
能收到，请回信，
赶快来跟我一道。
你的家蝇。

无题 1036

完满——它是过量
的一个代理；
稀缺——不声不响
为永恒办事。

占有———刹那的
烟云般快乐；
不朽——兴许满意；
唯一之破例。

1037 我和花儿

这儿,雏菊枕头正好,
躺下来毫不困难;
只是周围的每株青草,
可能因我而可怜。

我毫不害怕去的地点,
可以向花儿吐露;
花儿对我总十分有善,
我也把他当好友。

哪怕是天远地隔,也
不能把我们分离;
花期年年继续,无论
我是家居或西去。

教益 1041

怀点儿希望,
不可太遥远,
以便抵挡绝望。

吃点儿苦头,
但愿不断肠,
生命能够承受。

1045 大自然的色彩

大自然难得用黄颜色,
别的色调更见长。
她爱把浓彩留给晚霞,
天蓝她最爱铺张。

她像女人般耗费大红,
至于那黄的色调,
她有选择地难得运用,
像恋人挑选辞藻。

1049 痛苦的相好

痛苦只有一个相好——
他就是死亡；
他们两个互相来往——
频频的社交。

痛苦总是多所踟蹰，
死亡则老辣；
他仁地道帮他一把，
便悄然开溜。

1052 上帝的地址

我没有见过大海,
　　也没有见过草原,
但是我认识草莓,
　　也知道浪的壮观。

我没跟上帝交谈,
　　也没访问过天堂;
但他的确切地点,
　　我已牢记在心上。

访客 1055

灵魂要一直站着,门半闭,
如果天堂来访客,
就不必门外久站,也不必
不好意思打扰她。

离去,当然必须是主人
还没来得及锁门;
想打听这老到的访客——
他再也不会来了!

1057 日常的福分

我曾有个日常的福分,
但不怎么看重它;
直到有一天它不安分,
我追,它越远越大。

终于它绕过了一道山,
淡出了我的视力;
在我心目它无比沉甸,
教我学会了珍惜。

空气

1060

空气无住所无邻人，
无耳也无门；
它不在乎别人非议，
哦，空气快意！

这灵空之客废枕上坐，
主人喘气在小客栈；
光来时，你明白欢迎我，
光走时，提醒我回还。

轻生 1062

把一个环甩给期限,
摇晃着看了看;
意识里闪一丝无助,
似乎已瞎了眼。

往上摸,像要摸上帝,
往后,摸着脑子;
无意也曾经抚摸有意,
生命还是游离。

1065 亲近死神

哦,死神,请您放下栅栏,
让疲倦的羊进去卧躺;
他们已停止了咩咩叫唤,
他们不再想四处游荡。

您的才是最安静的夜晚,
您的是最安全的羊栏,
您是这么近亲容易找到,
您的仁慈,更甭多言。

有感 1063

出名的男孩女孩永远不会死,
这样的男孩女孩太难得出世!

火 1063

灰烬表示曾经的燃烧,
应该尊敬这堆灰;
它表明有人在此落脚,
离去前一再徘徊。

火的身影先躲藏光里,
后来才合二为一;
只有化学家能够揭示,
燃烧是怎么回事。

1070 衡量之源

成事之先决是着手——
着手对付障碍；
把勇气、无怨和忍受
揉成自励自爱。

猜忌是人性必需品，
被允许受重视；
除了各种各样水平，
衡量之源在此。

愁云

1075

天空低沉又阴翳，
　　一片雪花飘零，
它还没打定主意，
　　已落进了泥泞。

像是遇到了不公，
　　风儿整天哀怨；
造化有时像你我，
　　权势跟她无缘。

1077 大自然的客栈

这些各色各样标志——
通向大自然客栈；
大自然邀各方人士
去品尝极妙美餐。

大自然之家的礼数——
无贵贱一律平等；
叫花子或者是蜂儿，
她都是一视同仁。

她是个守信誉店家，
款待年尾接年头；
早晨，东方铺开红霞，
晚上，北方悬北斗。

1078 且等来世

死神来的上午,
　　屋子一派忙乱——
最庄严的一幕,
　　在人世间上演。

把心好好清理,
　　情爱从此收起;
今生用不着了,
　　且等来生来世。

1079 太阳下山

太阳下山无人观赏,
只有我和大地——
我们在辉煌的现场
见证他的胜利。

太阳升起无人叫好,
只有无名小鸟
以及我和大地欣然
见证这顶皇冠。

1081 抗争命运

你想要超乎于命数
这的确太困难
但是这并不等于就
没有任何可能

每一次赢得一点点
教命数也惊叹
灵魂以严格的节俭
坚持到上西天。

1084 一只孤鸟

三点半一只孤鸟
飞上寂静天空
唱着支深沉曲调
声音有点惊恐。

四点半鸟的测试
已显得很完满
但是啊只有羽翼
才银亮得可见。

七点半测试元件
全都没了影踪
它曾现身的地点
四周没有不同。

1088 上帝的旨意

还没开始,已经结束,
题目刚来得及说,
序言已从意识里消失,
故事,全被埋没。

要是我的,拿去排印!
要是你的,快读毕!
可是你我都无此特权,
权力只属于上帝。

1091 水井和小溪

水井想依靠小溪,
这实在有点傻气;
让小溪日日新吧,
水井做坚实的地!

有感 1092

不是圣人——太大,
不是雪片——太小;
只爱特立独行,
幽灵般很玄妙。

财富 1093

我所能拥有的财宝,
自己已经赚到;
我见识美元的大名,
意味穷困潦倒。

拥有一片空头领地,
收入一笔空气,
对守财奴十分入耳,
觉得分外甜蜜。

1095 有感

有些人把早晨当作夜里,
那么午夜又算什么东西!

1096 恻隐之心

这些陌生人流落异乡,
保护神这样对我讲:
请你对他们多多友善,
你也可能天国避难。

大自然的展览

露水——涓涓流淌过青草,
磨坊很小很小
转动在底下,我们的双脚
和工匠静悄悄。

我们侦察森林和小山,
大自然的展览
把外边布置成为里面,
看见了真好玩。

大自然的这个展览馆
我们是评论员;
请发一张儿童入场券,
在下午星期三。

送终 1100

这是她的最后的一夜,
这一夜照旧很平常;
那渐渐地临近的死亡
才使自然不同往常——

往常我们都有些心粗,
忽视许多细枝末节;
如今是这支死亡巨烛,
才把往事一一照彻。

我们一个个束手无策,
在她房间进进出出;
我们明天还要活下去,
而这简直就是罪过!

别人都是在继续活着,
而她注定就要死去;
这很难说有什么道理,
人生憾事几乎无底!

我们在等她最后离去,
时间已经无多剩余,
我们的灵魂默默无语,
死神最后送来通知——

她喃喃有声然后沉寂,
犹如一根轻盈芦苇

伏倒在一泓平静水里,
无声无息悄然西归。

我们在修饰她的容颜,
我们梳理她的头发;
忽然袭来一阵阵空虚,
信念也难调整规划!

经验 1101

生活的形式之间
大大有差异,
就像是酒在唇边
和酒在缸里。
缸里的酒好保管,
为消魂需要,
把盖子开了为好,
试过就知道!

1104 夜的来临

蟋蟀唱起歌了,
太阳落下山了,
缝纫工已一针针
把白天缝合。

小草背起露珠,
黄昏迟疑脚步,
像生客准备远行,
又像要小住。

无边就是近邻,
莫名灵感光临,
祥和在各家走动,
夜已经来临。

世道 1109

力求无智以便适应,
终于完全相宜；
我的努力我很清醒,
傻呆十分甜蜜。

我如此这般地做到,
人们如食甘饴；
我的成败我的目标,
幸亏早已转移！

人渣 1112

若此人自认该去死，
像百姓尽天年；
此种非凡千年一遇，
若魔鬼肯帮办！

他不满足作模装大，
越装越显无知；
小民会殁此人该死，
哎，恬不知耻！

1114 大火

一场举世周知大火,
发生在一天的下午;
烈焰照彻了天庭,
席卷了一个边城;
没有吃惊和担心,
报纸也默不作声。
次日,城垣重建,
惨遭又一次烈焰!

1116 别样的孤独

有一种别样的孤独,
许多人终生无缘;
不是因为缺少朋友,
也不是命途多舛——

它来自造化和思索。
无论谁有此机缘,
便比别人富裕得多;
世俗的财富等闲。

1118 得意之后

兴高采烈是熏风；
把我们吹到
另外一个地方，
事先没估到。

回不去了，但时间
使我们稳沉；
来点儿新奇字眼：
此地更迷人！

无题 1119　天堂是一座老屋,
　　　　许多人曾入住;
　　　　但也只住过一阵,
　　　　便又出了门户。
　　　　福分很吝啬租赁,
　　　　亚当教她节俭,
　　　　自己因奢侈破产!

白天 1120

白天总慢条斯理,
它那个车轱辘
老吱呀吱呀地
好像很讨厌速度。

我向灵魂喊话:
"快,等他没用!"
我俩玩够了回家,
白天没了影踪。

1121 隔膜

时间必然在前进,
我告诉受苦人
他们能活出苦难,
太阳可以作证。
我这话他们不信。

理由 1124

要是知道她的重担，
早已帮她一把；
可她径直咬紧牙关，
我们有啥办法！

诗之思 1126

也参加候选词好吗?
诗人询问一个词,
我把各位排作一搭,
是想好好地对比。

诗人认真翻检词类,
正准备摇铃招入
曾经被搁置的一位,
却进来个没招呼。

想把景致好好描准,
肯定有那么个词;
你应该先努力找寻,
天使才乐意默示。

无题 1127

黄昏举起军刀悄悄策马,
把一个个太阳轻轻砍杀。

1129 真理的光芒

真理要和盘托出但请侧身,
迂回才能够取得成功;
对孱弱的感官真理太亮锃,
世人会因此感到惊恐。

就好像那忽然爆裂的闪电,
要好言向孩子们解释;
真理的光芒应该逐渐呈现,
否则会灼伤世人眼力。

老人 1130

那怪老头走了已一年,
戴顶帽子令人怀念;
那天晚上有月而清冽,
灯光在摇曳中熄灭。

那老旧得煞白的灯盏,
谁还有心去拨亮它?
他那位皱纹满脸老伴,
早已经在老家等他!

生命啊,热血奔流开始,
耗着耗着渐渐停息——
换来了成绩,教人想起
自己也开始了凉意。

1131 关于欢乐

这位客商只卖美意,
货物放在后台;
够着的或够不着的,
他都一律叫卖

对于孩子他要价小,
他也爱大场面;
讲礼节则十分重要,
不可以不要脸。

对于伪钞和假支票,
他会觉得害臊;
这类东西一向他靠,
眼巴巴看他逃!

风 1134　　风卷了北方的东西
　　　　　　往南方堆放，
　　　　　　然后把东方挤向西
　　　　　　再把口大张——

　　　　　　整个大地四面八方
　　　　　　他都想吞没，
　　　　　　于是啥都往角落藏
　　　　　　以便躲灾祸。

　　　　　　风一出走他的住地，
　　　　　　造化便忙乎——
　　　　　　她把臣民各处安置，
　　　　　　用规律对付——

　　　　　　于是，屋舍炊烟缕缕，
　　　　　　白天在出游，
　　　　　　多么亲切，风暴已去，
　　　　　　鸟儿在歌舞。

风 1137

风儿的任务不多——
在海上,驱动船舶,
他建置三月,引导洪流,
给自由领路。

风儿的快乐多多——
住所非常广阔,
或逗留,或徘徊,
或沉思,或受森林款待。

风儿的亲戚有山峰,
有亚速海,有春秋分,
他跟鸟儿好,跟海星亲,
用鞠躬传达友情。

风儿他也有局限——
生死两者不明显,
他可能太聪明了睡不深,
不过我也说不准。

织网 1138

一只蜘蛛夜间织网
不必在白拱洞上
点灯来照亮。

是织贵妇的皱领箍
或太岁的裹尸布
他自己有数。

为了能够永生不灭
他所采取的策略
叫作网捕学。

1142 大厦与灵魂

脚手架支撑着大厦,
直到大厦落成,
于是拆了脚手架。
大厦昂然自立,
完美,挺拔。
再也无人回想
工具和工匠。
请回顾一下
构建一个完美的生命——
用"木料",用"铁钉",
用岁月,然后"脚手架"垮塌,
昂然挺拔唯有灵魂。

无题 1145

在您那悠悠的敞亮天堂,
没有这样的好时光——
我可以巴望做尘世游戏,
与我那些肉身伙计。

墓地　1147

经过了百年岁月，
已无人认识此地；
当年有痛苦挣扎，
如今铺一派静寂。

青草儿八方伸延，
陌生人漫步随意，
或驻足拼读墓碑，
叹一声逝者孤寂。

夏日的野地阵风，
像是在收集往昔，
想凭着本能捡起
记忆遗落的钥匙。

1148 太阳出来

太阳出来了,
大地成新秀,
车马像信差来去匆匆,
昨天已陈旧!

人们喜相见,
新闻讲不完,
巴蒂兹港船上的鲜果,
大自然的原装!

1149 小孩的去向

有些人还只是小孩时
便不知他们的去向——
是去了远方参观游历?
或迁居到荒凉地方?

现在明白我猜中事实——
他们去了遥远地方,
他们迁居在荒凉土地,
死神没让他们成长!

无题 1151

灵魂啊,振奋!
死了更好,
如果不能
和你一道!

警告 1162

现今的生活非常宏伟,
能看到的未来生活
肯定会超越它,因为
生活是无比的广阔。

但是当空间全收眼底,
领地也全贴了告示,
人的心胸这小小缘由,
会把生活化为乌有!

1163 世人的通病

上帝办事必然有缘由,
　　他按着目的创造生灵;
我们的推论流于仓促,
　　依凭的前提也有毛病。

1168 欢乐与悲痛

悲痛古老，什么年纪？
一万八千足岁；
欢乐古老，什么年纪？
它们两个同岁。

两个都是重大无匹，
难得会坐一道；
一个想把一个遮蔽，
人性怎掩得了！

无题 1176

我们不知道自己多高,
直到被逼得奋起;
如果我们真正肯努力,
我们能顶天立地。

我们推崇的英雄主义,
不过是日常景象;
我们用肘尺扭曲自己,
不敢想可以为王。

1182 记忆之屋

记忆有前宅有后院,
好像是一座房屋;
它并且有顶楼一间,
派给旧物和老鼠。

它还有个幽深地库,
由石匠精工建造,
且请当心它的深度,
俺们不想被追找。

1186 欢乐的离去

早晨太稀少,
夜晚太寒酸,
欢乐本想落脚,
就是有困难!
他想人间停留,
找不到住处,
才策马离去。

1190 太阳与大雾

太阳与大雾起冲突,
大雾想统治白天;
太阳挥动黄色巨鞭,
大雾仓皇夺路。

1193 盖棺论定

苦苦追求名誉之辈,
并非个个能如愿;
等最终被装进棺材,
有的相当不体面。

1198 夏日煦风

你围着屋宇洗刷之海——
温婉的夏日煦风,
魔幻的甲板起起落落,
而航行十分平稳——

那船长的名字叫蝴蝶,
领航员正是蜜蜂,
大地上的每一个成员,
都是她快乐员工。

1199 朋友和财富

朋友是愉快还是痛苦?
若伴着慷慨伴着博爱,
财富很可爱。

若朋友和财富只暂住,
等天气晴和了便飞开,
财富是悲哀。

1200 我的小溪

我的小溪很流畅,
知道它会干;
我的小溪无声响,
好似静海般。

忽然之间它暴涨,
吓得我拔腿;
强者把我稳住讲:
"无所谓是海。"

往事 1203

"过去"是个奇特精灵,
如果对着她面容,
你可能会得意忘形,
也可能无地自容!

若毫无戒备地碰见,
我劝你拔腿躲避;
她是枚生锈的炮弹,
仍可能有杀伤力!

1206 关于马戏

此表演非真表演,
他们在走串;
马戏班里的动物
都是我邻居。
市集表演——
该双方都看。

1210 大海和小溪

大海对小溪说:"来呀!"
小溪答:"我想长大。"
"那不也成了大海?
我只要小溪,快!"

大海要求小溪入帮,
说是小溪的向往;
小溪认为渊博的海
会使智慧变乏味。

麻雀 1211　　小麻雀衔条小树枝，
　　　　　　　认为它很合意；
　　　　　　　他的盘子空空无物，
　　　　　　　两次求造物主。

　　　　　　　在深邃的空中来去，
　　　　　　　显得精力充沛；
　　　　　　　直到他那小小身躯，
　　　　　　　被造物主收回。

话语 1212

词说出了,
也就完了,
人说。

词说出了,
才算活了,
我说。

1213 三月

我们爱三月,他穿紫色鞋
新颖又高远,
教小狗和小贩踩一脚泥浆,
让森林透干;
小蛇伸伸舌知道他来了,
穿起了花衫;
大太阳贴得近开始猛晒,
我们脑门冒汗;
他使万物都成了大新闻,
把死神撩一边;
让青鸟一伙伙结伴翻飞
在不列颠蓝天。

功业

1216

功业先敲思想之门,
然后求助于意志;
意志这创作的灵魂
正好养神在家里。

于是,开始了行动,
很可能胎死腹中;
功业之命运的倾诉,
上帝听得最清楚!

无题 1218

我最想认识的首先是你——
在暖洋洋的晨光里；
我最害怕的是无名之祸
在黑夜里把你吞没。

无题 1222

能够被猜透的谜,
　　我们很快不在意;
昨天一度的惊叹,
　　今天已陈腐无比!

1229 世俗

听说他爱上了她,
便打探是否美丽;
想看看她的脸蛋,
跟别人作个对比。

她那魔法般步态,
把我们远抛后边;
差距给了她心安,
像风儿穿过林海。

不希望他太在意,
反而更亲近崇敬;
荣华在朝朝夕夕,
无须局外人置评。

1232 关于名望

三叶草朴素的名望,
　　奶牛会永远铭记;
名士爱加彩添光,
　　显得就有点拙劣。

花儿若自我欣赏,
　　就显得降低格调;
雏菊爱回首张望,
　　招路人抿嘴暗笑。

无题 1233

要是我没见过太阳,
　　我一定能忍受阴森;
如今我心中的荒凉,
　　因阳光而益发加深!

无题 1234

要是我的小船沉没,
　　那是划进另一个海里;
这凡人生息的场所,
　　就正是永生的出发地。

1240 两种乞讨

乞讨名声的人,
易有所得;
乞讨面包的人,
常常挨饿。

无题 1243

绝望在求生中疯狂,
哀伤则寡语少言;
它严严把自己隐藏,
独自消受、承担。

灵魂永难以被镇住,
尽管有麻烦扰人;
爱也一样,行动自主,
临死也只关自身。

蝴蝶 1244

蝴蝶的亮丽彩衫,
原挂在水晶宫殿,
这天下午它穿上。

这番打扮很窈窕,
去跟野黄花结交,
在新英格兰镇上!

蝴蝶

1246

蝴蝶在尘世被尊敬，
肯定也要归天；
但是绝不会像苍蝇
在酒窖被追赶。

1247 诗与爱

像雷霆般积聚到极点,
然后轰隆隆畅释,
每一个创造隐在里边,
这一定就是叫诗——

或叫爱,两者总是同来,
我们若不好好体味,
便只能是到期了作废——
谁见了上帝人还在?

无题 1248

爱情里那些鸡毛蒜皮,
远多于大事;
但凡想投资,
请看重细微的百分比。

二月天 1250

白得像株白玉兰，
红得像朵红鸡冠，
神秘有如正午的月亮，
哦，二月天的好时光！

无题 1251

沉寂最令人战栗,
　　声音才包含希望;
沉寂总无边无际,
　　它甚至没有模样!

1252 冬日景象

像无数钢扫帚,
风和雪清扫
冬日的街道,
房子被制服,
太阳派出一些
苍白无力的代表,
小鸟儿沐浴着跳。
"静寂"系了肥大的马
遍地巡查,
暖和的地下室
唯有苹果玩耍。

渴望 1255

渴望是颗种子,
　　挣扎在泥土里;
相信只要坚持,
　　终有出头之日。

气候以及时日,
　　全都难以预想;
需要多大毅力,
　　才能见到太阳!

书 1263　没有哪只船能像书那样
带我们去远方大地；
没有哪匹马能像诗那样
帮我们跳跃着奔驰。

即便是最最穷苦的旅人
搭这辆车付得起费；
车上装载的人类之灵魂
是这般朴素这般美。

盖子 1266

记忆已经装饱,
且把盖子盖好,
"今天乖乖够妙",
黄昏吃吃暗笑。

麦子

1269

我脱麦糠,收麦工
因此傲慢嘟哝;
有关田地上的分工,
还有什么可讲?

麦子好吃麦糠讨厌,
谢谢富足之友;
聪明才智从远着眼,
比近处看清秀。

无题 1270

天堂是个医生?
　　都说能治百病;
死后服用药物,
　　还有什么效应!

天堂专管财政?
　　都说我们欠债;
讨债请找别人,
　　我不欠谁的债!

无题 1272

很骄傲地她面对死亡,
　　这使我们感到了脸红;
我们日常的所思所想,
　　跟她的似乎大不相同。

她看似那么心满意足,
　　去到那我们陌生之处;
忽然间,活着的痛苦
　　几乎全都变成了忌妒。

记忆 1273

有一间神圣的密室,
被命名为"记忆";
选一把虔诚的扫帚,
静悄悄地扫起。

扫着扫着你会惊奇——
交谈有相识的,
也有不相识的参与。
事实多半如此。

此景令你惶然起敬,
挑战么？不行。
你不可能把它改变。
它能使你安静。

蜘蛛

1275

蜘蛛这位艺术家
　　从未被加以重视；
虽然他那份特长
　　早已是众所周知。

女人们拿起扫把
　　刷遍这文雅之国；
被轻视的天才呀，
　　请你把手伸给我。

时令

1276

夏天去得慢条斯理,
蟋蟀来得及时;
时钟温存的嘀嗒
提醒你我回家。

蟋蟀早已销声匿迹,
冬天姗姗来迟;
钟摆沉重着左右,
坚守时间奥秘。

1277 绝望的克星

我们怕它,它偏来啦,
来了反少几分怕;
一天天的提心吊胆,
来了反而坦然。

它的小名叫作"灰心",
长大了便是"绝望";
它此生迟早要访您,
这才真教人沮丧!

但是只要有大目标,
每个早晨是新的;
若终生能一以贯之,
绝望必落荒而逃!

1278 黄昏

群山在朦胧中耸立,
谷地更幽寂;
或动或静十分随意——
河流和天际。

太阳也开始了悠闲——
火燎的习惯
已经转向了远处那
高高的塔尖。

柔和而温婉的意境
由黄昏带临,
一切都像邻居进屋——
不见了身影。

老年 1280

岁月磨损了精力，
时间无情义，
认定旧装已过时，
由时髦统治。

忘却他早晨威力，
衰秃的光辉
晚景里不值一提，
敌不过小鬼。

1283 希望的杀手

希望想审视自己，
拿不出主意；
它其实传说而已，
或者无底细。

场面太大胆子不够，
会换个场合；
它有一个致命杀手——
叫扬扬自得。

世态

我们也许不缺心智,
但它们全缺席;
于是乎跟疯狂亲密,
与他们混一起。

多希望眼睛长头里,
好好做个盲人,
看不见这个人间是
如此冷漠不仁!

无奈

1287

这个短促的生命
只延续了一个小时；
我们虽已尽心尽力，
究竟有多少效应？！

青年 1289　永远出众的年纪
已留在低地；
不必回顾，
不会重复，
难以从岁月中赎回，
也止不了衰颓；
像黎明，消失
在广漠的白日。

昨天 1292

昨天是一段历史,
它已经远去;
昨天是一部诗篇,
包含着哲学。

昨天有点儿神秘,
由今天继续;
当我们凝神审视,
今天也远去。

生涯

1293

有些事本认为该做，
却做了另外的；
有些事特别应该做，
却从未曾开始。

有些地本该去探寻，
宽阔得够可以；
想来想去想到子孙，
想着想着放弃。

天堂我们想当驻地，
等历练已完毕；
这个想法不合逻辑，
却可能真可以。

1294 生命的积蓄

生命可以拥有,
生命可以享受,
但是决不可以
动用它的积蓄。

心碎 1304

无须棍子,无须石头,
击碎一颗心
用条无形小鞭已足够,
我心最分明。

心儿本有非凡的魔威,
居然被击倒,
可见那条鞭子太高贵,
名字不知道。

心儿天生高尚又大气,
就像鸟一样——
盯着瞄他飞来的石子
还在放声唱。

知耻最不该匍匐于地,
咱这世界里,
知耻要站得腰板挺直,
宇宙是你的!

致死神 1307

那种短促、自发的扭曲,
人一生只做一次;
那样的场面众所周知,
可以叫它作定局——

哦,死神,你辉煌无比,
虽然你默不作声;
但是连乞丐也摒弃你,
如果有这种可能。

1314 爱与乞

在乞讨爱的日子里,
膝盖也不自重;
一旦占有了爱之后,
换了一副面孔。

乞讨过了就是个丐!
唉,没了平等;
天堂里面包不施舍,
施舍就是辱人。

1315 永不言止

哪个最佳——满月或新月?
都不佳——月答道,
最佳尚未达到,要超越,
不要忽略光照。

成果不是出自阻留,
遮盖不是收益;
想方设法把光分流,
于是棱镜出世。

1320 亲爱的三月

亲爱的三月,请进!
我多么高兴,
一直很想念你。
把帽子脱了吧,
你一定累了,
看你直喘气。
三月,你好吗,还有你兄弟,
自从你们告别大地。
哦,三月,快快跟我上楼,
我有许多话要告诉你。

你的信,我和鸟儿都收到了,
枫叶本不知,是我通报;
我大声宣告,她们全脸红了!
不过,三月,请原谅,
你把小山留给我点染,
我即使用紫红也弄不好,
还是请你自己来配料。

谁在敲门?是四月?
把门锁了!
不许你追我,
你离去一年才回来,
我还正忙呢!
不过,事情已经不重要,
既然你终于也来了!

我的责备表扬般亲热,
表扬也像责备般难得!

1322 丝线与绳索

丝线难救你于深渊,
绳索可以;
把绳索珍藏作纪念,
不够美丽。

每一步可能有陷阱,
处处凹地;
绳索好还是丝线好,
代价合理。

1333 春的疯狂

春天里来点儿疯狂,
甚至国王也觉得棒;
请上帝帮忙小丑——
规划好这宏大场面;
这整场绿色的出演
似乎全由他经手!

无题 1335

我不愿让完美之梦
因破晓而污染,
我把自己好好调整,
夜夜美梦不断。

权势不是想要就到;
出乎意外之衫
胆怯之母一直穿着,——
在现世,在西天。

1339 蜜蜂与玫瑰

蜜蜂那闪亮的自驾车
径直奔一朵玫瑰,
然后他收了车羽停歇
在那个目标花蕊。

那玫瑰以直率和平静
接受蜜蜂的来临,
月牙般瓣儿全都张开
迎合来者的贪心。

他们的良辰堪称美景,
不过他开溜已定;
她呢还在销魂中沉醉,
感觉里一分谦卑。

老人 1345

古朴优雅庄重
成就慈祥面孔
赛比盛年
鼓励各自奋进
用不安分的心
友善时间

纪念 1346

夏日悄悄溜进秋天,
——我用夏日开讲,
是害怕若先提秋天,
会慢待了太阳——

那几乎等于不恭敬
不在了的一位;
他一直是多么可敬,
如今已经不在。

我们不再指责时光
对老人的悲催;
他曾经默默地对抗
生命的斜晖。

逃离 1347

"逃离"是个该谢之词,
我常常在夜间
把它跟自己相联系,
虽然前景茫然。

"逃离"就好像是只篮,
心被抓了填装;
当人生已历经恶战,
余生最该宽放——

不必寻视谁来救助,
自救最是关键;
所以我乐意把头颅
交可信赖之篮。

有感 1350

运气不同于机缘,
它意味着勤劳;
命运的高贵笑脸
勤劳才赢得到;
矿山父老像锈铜板
已被我们扔掉!

1354 心灵和思想

心灵给思想领航,
思想是一个州,
心灵加思想
是一个大陆——

大陆上男男女女
多得数不胜数;
这般迷人的国度,
哪里找?你自己!

1355 心灵与思想

心灵营养思想,
思想像寄生物;
心灵若养分充足,
思想必丰富。

而如果心灵
没有智慧进补,
思想必将凋零,
最后干枯。

老鼠

1356

老鼠这位精明房客
从不交房租,
他不承担任何义务
却总有所图。

他挑战我们的心智
颇自有奇招,
纵对他有百般仇视
却伤他不着。

圣旨也限制不了他,
他像平衡一样合法。

夏天 1363

夏天把她的轻便草帽
　　放在她无边的架子上;
悄悄溜过一只知更鸟,
　　把草帽偷放在你身旁。

夏天把她柔软的手套
　　放进她乡下的抽屉内;
咦,她到那里去了,
　　是想去叫人对她敬畏?

无题 1365

请全收回,
只留一件值得作案:
偷盗不朽!

1368 心的破碎

爱黯然地问"why?"
然后便悄然沉默；
一个小小的"why?"
把大大的心击破。

1371 栗子的衣裳

栗子的衣裳多合体,
它的裁缝了不起!
针脚落处无缝合线,
就像梦神的衣衫。

是谁纺织这赭色布?
身裁腰围谁量出?
一旦量就了裁制好,
栗子从小穿到老!

我们自认为很聪明,
伟大成就数不清!
面对造化这乡巴佬,
我们不敢直起腰!

松鼠 1374

托盘托只杯子,
小器人生一遭;
而按照松鼠的估计,
上边放着面包。

松树作为餐桌,
需要一位国王;
当一阵阵风儿经过,
餐桌自动摇晃。

刀叉之类齐全,
放在棕红唇内;
进餐时餐具亮闪闪,
令餐具厂惭愧!

我们面对家政,
整日操心皱眉;
且看这位渺小公民,
开心奔跑如飞!

美梦 1376

美梦是份狡黠的赐予,
她使你富贵一小时;
然后她从那朱漆大门
把你重新投入贫困——
那块冰冷的栖身之地,
你我本来早已熟悉!

无题 1377

禁果总是别有滋味,
挖苦法律果园——
荚里的豆豆多鲜美,
厚皮把她锁严!

1378 心里的早晨

他的心无星的夜也难比,
因为有个早晨在孕育;
但在这个漆黑的容器里,
拂晓的预兆难以透视!

名演说家 1379

池塘里的公馆，
青蛙决定放弃；
跳上一块木板，
发表演说系列。

它的听众两派，
但请把我除外；
这位四月辩家，
今天嗓子发哑。

它的无指手套，
套在它的四脚；
它的雄辩名声，
好像塘角水泡。

忽然雷鸣响起，
演说就此完毕；
名演说家哪去？
绿水波里匿迹！

1386 珍惜夏天

夏天大家都曾见过,
少数人寄予信托;
这少数人雄心勃勃,
爱得她无可辩驳。

她不介意什么态度,
只管自己踱阔步;
她像月亮园缺自如,
失礼唐突不在乎。

就算对她无比爱慕,
命运也不定就酷;
大喜大乐怎么结束,
如孕育心中无数。

蝴蝶 1387

蝴蝶的非洲式彩衣,
缀着亮珠颗颗,
能抵挡那炎炎夏日,
总在一开一合,
它在三叶草上停息,
好像在想心事。

1389 大自然的吉他

想轻轻拨动大自然的吉他,
请先熟悉她美妙的曲调,
否则鸟儿们都要说你闲话,
因为有位歌手早就来了。

1391 小小的微笑

他们可能不需要——也许需要,
总之我会用心去贴近他们;
我就只有这么一个小小的微笑,
但也许这正是他们所需要。

希望

1392

希望是个新奇的想头——
心灵的一项专利；
它总持续不停地行动，
永远不觉得疲敝。

它是一个带电的附件，
尚不知它的底细；
但它独一无二的动力，
把我们一切装点。

暴风雨 1397

那声音像条条街道在奔逃,
然后,又一齐都静止;
日食——透过窗唯一看到,
敬畏——唯一的感知。

终于,最大胆的溜出躲藏处
去看时间是否还在那里,
大自然着了一条乳白色围布,
在搅拌更加新鲜的空气。

1398 爱的奔赴

我只有这条命,
活在此处;
死我不愿亲近,
免遭驱除。

凡俗缚不住我,
无论新旧;
只想一路奔波,
到你疆土。

知己

1401

把个苏珊整个儿占有,
这本身就是福气;
主啊且把我王国没收,
许我一终生知己。

1407

农场口占

一大片茬子干净无杂,
伸展在第二个太阳下;

勤劳留下的在在痕迹,
表明曾经的累累果实;

胆小的鸟向茬子敬礼,
茬子则捧出零星玉米。

请想想司空见惯景象——
咱们的新英格兰农场。

羞耻

1412

羞耻是方粉红披肩,
用以包裹灵魂,
避开各色毒眼窥探;
诚实陪伴灵魂。

若这方最基本薄绢
造化无助失落,
她被推向可憎场面,
羞耻神圣淡漠。

1422 等待夏天

一年里夏季有两次：
一次六月开始，
另一次是在十月里——
更加感人不已。

第二次也许无喧闹，
但美景更端庄；
那必须离去的面貌
这般令人惆怅。

再见了，亲爱的夏天，
且等五月莅临；
虽然树叶飘零无边，
不要在乎死神！

1423 最美的家

最美的家就我所知
一小时建造完毕,
全靠两方面的努力——
蜘蛛和花朵,一个
金丝镶花边网络!

1425 春日洪水

春日的洪水泛滥，
放大每个灵魂，
灵魂无处可栖身，
到处汪洋一片。

灵魂起初惶惶然，
设法寻求登岸；
而当一切已习惯，
不再无谓思念。

纪念 1435

不是他走了我们才更爱他，
他在时一直把我们引导；
如今他越过了地球的疆界，
他所鼓动的，他已做到。

露珠　1437

一滴露珠很自满自足，
它使叶子显得亮丽；
它想："命运多么宽舒，
生活却这么琐细！"

大太阳出来干活了，
白天出来游戏了，
可露珠呢它在哪里？
它已不见了踪迹！

它是遭白日劫持了？
是被太阳的巨轮
永远地卷进大海了？
小事情无人询问。

这是个小小的悲剧
为今天提供证据——
欢乐的时刻经不起
命运变换的迅疾。

1438 小小灾星

瞧这颗小小灾星——
能救所有人命；
它既平凡又谦卑，
它的名字叫爱。

缺了它就是悲哀，
拥有会被伤害；
如果人间找不到，
它准在天堂了。

无题 1447

对这位勤快的小伙子,
熔岩上的床多合适!
他准已起床打理世界,
给朦胧的白天梳理!

有感 1455

舆论这东西忽东忽西,
真理比太阳长久专一;
如果这两者不可兼得,
选择后者才叫作明智。

无题 1456

一朵快活的花
被头脑践踏,
似乎它是一种苦恼。

那么美是一种不幸?
传统应当知道!

伯沙撒王 1459

伯沙撒王看见一封信,——
他此生只收过这一封;
这是一封神授的信件,
通报他的末日之来临。

而我们这些芸芸众生,
做人做事向来守本分。
读这种信件心明眼亮,
它全写在启示录墙上。

面孔

1460

面孔为自己写传记——
会脸红读者认可;
如果已经厚颜无耻——
一有机会便作恶。

无知与生涯 1462

我们原不知自己要活着
或何时该去天堂；
这种无知正是件好盔甲
护卫了这副皮囊。
这是件轻巧又合身外套，
直穿到必须脱下；
上帝进了屋我们才知道——
无知也即是生涯。

蜂鸟

1463

一条迅逝的单轨
一只飞轮牵出；
一声翡翠的清脆
划胭脂红一束。

小树丛朵朵好花
它歪了头啜饮；
是来自突尼斯吧，
一个清新早晨。

1465 蓝知更

人还没记起春天
——除非在遐想,
且看上帝忽然派来
一个家伙在飞翔,
色彩标新,
带点风霜,
衣着令人一爽——
棕红里透着深兰。
他唱起一个个样板,
好像在等你挑选。
声音有板有眼,
兴致盎然。
他飞落在一弯
光秃秃的高枝,
孤芳自赏,
自娱自乐欢唱。

词语 1467

小词若包含情意,
任谁一听,当即
热血沸腾或热泪盈眶;
尽管一代代开来继往,
尽管传统历经盛衰,
词的雄辩可亲可爱。

萤火虫 1468

一星儿火粒在飞闪,
我没法靠近它;
常以为是划过闪电,
夜闷热又干巴。

它照着自己去旅游,
高出人头闪动;
一阵狂喜想去抓住,
发现没了影踪。

无题 1470

行窃的甜头
只有小偷愿品尝；
灵魂的污垢
累成硕大的懊丧。

1472 夏日的天空

看夏日的天空——
是诗,从不不放书中;
真正的诗逃离。

关于美 1474
想疏远美,太难,
因为美即无限;
谁想把无限测算,
先把个性揉烂!

纪念 1478

请以善意心地回望——
他无疑已尽心；
像西下的温柔夕阳——
一颗硕大人性。

希望 1481

希望所造的屋子,
没有一块窗板,
也没有一条椽子,
就只一个塔尖。

呆在里边很舒适,
似乎那些高端
一件一件全都是
由法则来统管。

闺怨 1485　爱开始了就完成了,
先哲道。
但他们哪里知道
你迟迟无以回报
没个了?

偶成 1489

墓地上一个水洼
冰冷无情的地下
一个家——

地堂 1491

天堂之路很平直,
却鲜有人迹;
不是不踏实,
是我们自己
坑坑洼洼更熟悉。
天堂难得有美女——
我不算,你不是,
有的是非凡的东西,
此外便没有别的,
金银铜铁全飞不进去!

脑海里 1498

街道是玻璃亮得险，
树和旅人一边站；
空气充满快乐冒险，
孩子们一路上玩。

雪橇与冰鞋比射箭，
故意晃呀晃躲闪；
当年都是超级画面，
平平而已是今天！

人生 1506

夏天比别的季节短暂,
人生比夏天还短;
七十个春秋一晃而完,
好像仅有的一元。

而哀伤驻足彬彬有礼,
很教人难以应付;
还有欢乐也是个麻烦,
想挽留却留不住。

1507 寄语死者

岁月的堆积还不算高,
不像你来前所想;
不过它正在每天增高,
从记忆的地基上。
只要我站得心实地坚,
我能够到达顶点;
我用你面容抹平山坡,
请抓住,防我跌落。

1508 记忆之树

记忆不再会有生机,
当根须已损失,
就算你又围紧了泥,
把它扶得正直,
那也只能欺骗世人,
救活不了记忆。

真正的记忆像雪松,
根须扎进岩缝;
无论谁也砍它不动,
总是叶茂根深;
铁蓓蕾必定会开花,
不怕风摧雨打。

1509 复仇的时机

我的敌人已日渐衰老,
复仇机会终于来了;
仇恨的味觉却已淡薄,
报仇与否已不重要。

敌人已然不是我对手,
倒像是块苍白的肉;
愤怒的刀锋已经锈钝,
复仇欲望教人愚蠢!

1510 小石头

小小石头多高兴,
独自路上来尽兴;
它不害怕有危险,
也不在乎交恶运;
它那深灰的外衣,
宇宙路过时赐予;
它像太阳很独立,
结伴、单干一样行;
小小石头遵天命,
一生随意很单纯!

1511 我的国家

我的国家不需要换装,
三件一套非常得体;
在列克星顿定的式样,
正好匹配裁缝手艺。

大不列颠在捶胸顿脚,
恶言恶语"那些星条"
此种态度相当有意味——
无可奈何她的刺刀!

无题 1512

事物一件一件消亡,
于是乎构成了大量。

1515 不再的事

永远不再的事,有好几桩——
童年时代,某些向往,死亡,
虽然欢乐像人们不时搞的旅游,
终究不长久。
我们不哀悼水手或旅行家出发,
他们的行程够伟大;
我们巴望听许多新奇,
等他们回到此地,——

"此地"?有各种"此地"!
请讲明"此地"在何处,
灵魂可不想站立,
他想有个合适的深度,
在他的家乡土地。

榜样 1521

小小蝴蝶空中飞,
从不知道利与名;
他既不付所得税,
他也没家到处停;
飞得你我一般高,
不时还越过头顶;
从不唉声或叹气,
抵挡悲伤他最行!

无题 1523

我们从未想自己要走了，
寒暄爱打趣，各自回屋；
命运随即前来把门闩了，
从此，我们没再打招呼。

触景 1524

一位少年穿淡黄衣裳,
牵一只奶牛孤单单;
他们来到荒颓的牧场——
当年的自耕农家园。

当年的牧童会吹木笛,
当年牛群满坡游戏;
如今这些已成了歌谣,
或融进了青青牧草。

1530 春的阵痛

阵痛在春天里懊恼,
因为有唱歌的对照——
不光指鸟,还有思考,
还有风儿,还有光照。
他们唱的尚难办到,
谁在乎兰鸟的曲调?
当然啦,复活准到来,
他们会把大石搬开。

放学后 1532

蜂拥出每间牢房孩子们
欢天喜地狂奔；
可爱的就只有下午——
监狱这才不关人。

他们掀翻地球劈空气，
结成一伙乌合之众；
注意，要皱眉请先躲避，
治歹徒也得选时机。

无题 1534

自从你送来礼物,
社交成我的痛苦。

偶成 1536

好一个通告像通牒!
白天呼吸已变短;
失窃但是没人偷窃,
夏的日子已不见!

打油 1539　此刻我把你放下去安眠，
　　　　祈祷主会来把尊容保管；
　　　　而如果你醒来前还活着，
　　　　我求主把你的灵魂塑造。

夏之消逝 1540

像忧伤般不知不觉,
夏日就此消逝;
消逝得太不知不觉,
不是背信弃义。

暮色早早挂起,
渗透出一派宁静;
也或者大自然自己
在把下午消隐。

黑夜早早来临,
曙光则姗姗来迟,
像彬彬有礼的来宾
没有久留之意。

于是,无须振翅,
也用不着舟楫,
夏日轻盈地消逝,
融入美的胜地。

1544 天堂何方

谁还没有在地上找到天堂,
他在天上也必然要失望;
天使就租住在我们的隔壁,
不管我们移居什么地方。

1547
希望

希望是狡黠的贪吃鬼,
专门寻食一切美味;
它同时又是相当挑剔,
不吃不可吃的东西。

它的餐桌爽气而稳妥,
只许它自个儿端坐;
不管它已吃掉了多少,
总能添上足够的料。

这一生 1549

战事已经埋记入册,
战斗还有一场——
一个素未谋面宿敌,
已在仔细考量——
我和我身边人谁先。
不屑和我较量,
他选中了最优秀者——
他们一一被抓!
若死者也不忘活者,
那该多么好呀!
伙伴早一个个归西,
如果活到七十。

偶感 1550

太阳的老款式
只适合他自己；
光辉需要圆盘
才成其为太阳。

那时候 1551

那时候将死的人
知道自己去哪里——
去牵上帝的右手臂。

如今这手已被砍去,
再也找不到上帝。

信仰放弃了努力,
行为于是卑劣;
即便是一星磷火,
胜过黑暗遍地!

无题 1552

你在坟墓里！
哦，不，你已飞离——
你来告别人世
只为留下悲戚——

1558 关于死神

关于死神我这样猜——
我们装进一口井,
而井却像一条小溪;
小溪只板起表情
不动杀机,说这是
甜蜜的热情带您
前去西天摘一朵花。
把引诱扮成邀请!

于是我清楚地记起——
跟大胆伙伴游玩:
我们来到一条小溪,
我觉得大海般宽;
咆哮声把我们阻拦,
摘不成对面的花。
如果命数也是这般,
勇敢者一跃成啦!

劝慰 1567

这颗心的门都关了,
我只能敲啦——
期待中甜甜的"请进",
久久无回音。

不要因决绝而悲哀,
茶饭于我
也无所谓;请记住
尊严还在。

慢¹⁵⁷¹　风儿这般曼声细语，
　　　　大海这般慢条斯理，
　　　　它们这般迟迟不展翅！

蝙蝠 1575

全身暗褐，翅膀皱褶，
像件老旧用品；
双唇挤不出半句歌，
或是口齿不清。

他的小伞分成两折，
常在空中划弧；
样子有点高深莫测，
哲学家也乐酷。

小伞敢在空中收起，
拐弯自然自如；
虽然常常遭受恶意，
幸亏没谁想除。

聪明非凡的造物主，
对他不缺赞美；
他的行为虽然怪谬，
属于善良一类。

1577 早晨

早晨人人有份——
有些人还在梦中,
少数优秀的人
已在曙光中行动。

记忆

1578

花开难免花败,
　　饼香也只一阵;
但是记忆永在,
　　像那伤感歌声。

无题 1582 玫瑰惧怕的地方
心儿敢去冒险;
我派红衣侦探
吹号去激动敌方!

1583 关于巫术

史书总是挂弃巫术,
而古人今人
都提供对它的需求,
——每日每天!

1585 鸟儿的歌

鸟儿唱歌十分守时,
也知道唱在哪里——
它唱在人们的心坎,
声音逗人而雅适。

当歌声短暂地间歇,
美便来把它充实;
对于奇迹的创造者,
工作是最好休息。

1587 松了绑的灵魂

赖以生存在珍爱的文字,
他的精神因此坚毅,
再也不认为自己无所值,
他的腰板从此挺直。

用轻松来对付沉重日子,
他因书而平添羽翼;
被松了绑的灵魂,从此
翱翔在自由的天地!

狂风

1593

一阵风起像号角
尖声穿过草场,
寒气盖过炙热,
来势十分凶猛,
人们闭户关窗,
像在躲避鬼魂。
劫难的击电的脚掌
一踏而过,
慌乱的树在喘息,
篱笆也飞逃,
河边的房舍里
一个个生灵担惊,
野外塔尖里的钟声
狂乱地敲。
能有多少,
就毁多少,
幸亏世界还好!

有感 1599

大海虽平静入睡,
照旧莫测深邃。
我们切不可以为
上帝在考虑,
把这处暴烈之地
加以平息。

1601 诉求上帝

对上帝我们有个请求,
我们请求他宽宥——
为什么,他心中有数——
罪孽躲藏在背后
把我们一生牢牢禁锢,
把生命附了魔咒。
我们便只好谴责享乐
不符合进天堂准则。

疑惑 1603

要向熟悉的世界告辞
去到那奇异之乡,
就好像被遗弃的孩子
要爬过一道山梁。

山后是否有魑魅魍魉,
一切都心中无数;
天堂里的奥秘,能补偿
一路攀登的孤独?

哀思 1605　我们失去的每一个亲人，
　　　　　都带走了我们一部分；
　　　　　能不能像新月的等待，
　　　　　忽一夜满月把潮水召回？

1607 蜜蜂的启示

在小小的蜂窝里,
　　蜜蜂向我们启示:
现实能变成梦境,
　　梦境能变成现实。

1617 感激的外套

想说又说不出来，
　　便只好求助眼泪；
"感激"虽然很可爱，
　　却没有像样穿戴。

若它有结实外套，
　　便可以藏得很深——
不再会有人知道；
　　这件外套叫"灵魂"。

现实 1618　"可能"有两种，
　　　　　　"必然"只一个，
　　　　　　"应该"是愿望，
　　　　　　我心里总没完没了
　　　　　　"但愿"。

1619 憧憬黎明

不知黎明何时会到,
我开了每一扇门窗;
它也许有翅,像只鸟,
它也许像岸,有波浪。

天道 1624

事情就是浅显分明：
快活的花在舞蹈，
霜冻会突然间来临，
一朵朵在劫难逃。

帅气的谋犯在行凶，
太阳是坚定随从；
丈量掉一个个日子，
为办事周全上帝。

1626 神秘之旅

生命不该无声无息,
即便是十分低下,
也该走得堂而皇之,
像那些飞黄腾达。

神秘之旅善解人意!
一见如故的灵柩
一声"这边走"招呼你——
此等非凡人人有!

无题 1638

且走你自己的大道!
你遇见的那些星星
无非跟你一样平平,
星星是什么,难道
不正是指一种人生?

1639 人间快事

书信是人间快事,
神仙们无权享受。

无题 1653

我们路过静屋时会想：
里边是否有人呢；
人与人在静处时猜想：
他在想些什么呢。

1654 美的眷顾

美充实了我的生命,
美对我特别体恤,
若今天我就要西去,
且让她把你眷顾。

生客 1655

我在自忖自酌,
生客影踪已无,
它吃了颗多汁浆果,
奇迹般地开溜。

我的自酌自忖,
显得多么无聊,
此生呀我真够愚蠢,
比比这只小鸟。

1656 人生之航

顺时间之古老河床
不需要船桨
我们不由自主扬帆
去神秘之港
也许有和风轻吹
怎样的船长
会在乎安危
怎样的海盗会来
风儿不作担保
也无涨潮时间表——

1657 伊甸园

伊甸园是老式屋子，
我们天天安居；
一直住着从不起疑，
直到我们被驱。

回首眺望实在是美，
这次出门散步，
没意识到还能回来，
但找不着门户。

名声 1659

名声是一种易变的食物,
摆设在便于移动的食盘;
在它的桌旁坐着一位
客人;再一次的摆设
则完全是为了别一位。

食物的碎片乌鸦们也来瞧了瞧,
然后不屑地聒噪,
拍打着翅膀飞到
农人的玉米地去了;
人们吃了点这种食物然后死掉。

寄语 1661

有位客人就要到,
快点亮我的北屋,
干吗这么不承愿。
别的友人延误了,
别的联系凋谢了,
干吗这么不承愿。
我这是一心一意。

1663

人把心做成个奥秘,
着实吓我一跳;
他带着它随时随地,
不关我半厘毫。

虽然我自认为懂他,
他也心中有数;
且请不要打探什么,
即使贴隔壁住。

1672 星光大厅

一颗黄颜色星星悄悄
出现在它的高位,
月亮把银色帽子脱掉,
她的脸上的光辉——

立刻把整个夜空装扮
成星光灿烂大厅。
天父啊,我仰天长叹,
您守时而且英明。

1678 险象与沉着

把险象当财富担起，
此法很可取；
危险可能分崩离析，
此中有根据：
敬畏的心理
能充分揭示出人性，
像火扫大地。

1681 爱的表述

言词可以把爱表述，
沉默也见效；
而最为完美的交流，
谁也听不到。

此种情景一直存在——
存在于心间；
信徒的心珍藏着爱，
虽然无所见。

我与永恒 1684

估计常常难免出错——
永恒还在远方!
好像永恒是个车站,
可他近在身旁!

我漫游他也要参与,
住店也在一起;
我从来没哪位朋友
这么固执坚持!

蝴蝶 1685

蝴蝶永远也不可能
获得别人的好感,
虽然在昆虫学书上
早已大大被称赞。

因为他爱自由来去,
因为他那身穿戴,
别人都是循规蹈矩,
就说他放浪形骸。

实在他该有块盾牌,
表明他谦卑勤劳;
那就肯定毫无疑义——
他配当不朽代表。

1687 英雄行为

英雄的行为一闪现,
如此不一般;
像条绵延的导火线,
被想象点燃。

风退却 1694

风退却
像一群饿狗
追一根骨头；
透过爆裂的
火山般烟云
黄色雷电忽闪；
树木伸着
受伤的肢体
像野兽般忍痛；
万物在匆匆修复
防范南来的入侵。

1695 灵魂的去处

宇宙很孤寂，
大海很孤寂，
死亡很孤寂，但这些
都该算热闹去处，
如果拿更幽深的场地——
极地的幽僻相比，
在那里灵魂只许自己
独处判然的无极。

偶感 1698

对死者表示可怜,
这显然一点不难;
如果可怜早一点,
死者可能已生还。

悲剧被搬上舞台,
保证有许多喝彩;
悲剧若在现实里,
唯有可怜的叹息。

高尚 1699　做成一件高尚的事，
　　　　　自己也吃一惊；
　　　　　即使非出自他本性，
　　　　　还是快乐之至。

　　　　　从没做过高尚的事，
　　　　　人们不会在意；
　　　　　可惜耗了我们一生，
　　　　　快乐犹如敝屣。

无题 1702

今天直到正午
她还在我身旁,
我几乎触着她;
入夜她要躺下,
告别邻里还有
树枝以及尖塔,
此刻超乎猜度。

丧亲 1703

临终之屋嘀嗒钟声,
是在把人宽慰;
风儿大胆轻轻敲门,
想要前来作陪。

生离死别此时此刻,
孩子们在游戏;
我们这些居然活着,
深深感到悲戚——

如果

1707

如果把冬天精心料理,
它便像春天宜于种植。

关于巫术

1708

巫术向来没有家系,
古老如我们的呼吸;
当你已被死神认定,
便找不到它的踪迹。

1711 众生一相

一张无爱又无耻面孔,
僵硬可恨而很"成功";
把他跟石头排在一处,
石头觉得轻松自如;
就好像他俩是老相知,
生平第一回坐一起!

日子 1715

夏季这时间漏斗,
日子只剩下一半;
想起来内心便一抖,
不愿再瞄它一眼。

剩下的后半生里,
快乐比前半生短;
这道理我不敢正视,
打哈哈把它盖掩。

抗争死神 1716

死神是条害虫
威胁着大树,
声言要杀死树;
快把它诱捕。

诱饵可用香脂,
或用刀锯请;
总之千方百计,
因它要你命。

若蛀洞深入骨,
你已经技穷,
放弃离开算数,
圆满这条虫。

大实话

1718

淹死固然是可怜,
求生过程更惨——
据说会努力三次,
出水面朝苍天,
然后便永远沉底,
编入阴森住地,
没有希望和伙伴,
一切全由上帝。
造物主虽然友善,
一副笑容可掬,
可是呀
咱得实说,
那可是一场祸。

无题 1719

上帝也太小心眼——
他甚至不想看一看
我们宁愿在一起玩,
而把他忘一边。

无题 1720

若知道第一杯是末一杯，
我一定久久把它存放；
而如果末一杯是第一杯，
我一定立刻把它喝光。

杯呀，是你犯下了过错，
嘴唇并没有欺骗我；
哦，不，是嘴唇你错了，
贪杯是最大的罪过。

鸟爸爸 1723

我听见高处一只鸟
在林间来回蹦跳；
大树他似乎不在意，
他只需凉风一习；
于是他轻巧地一跳，
蹲在风口吹羽毛；
那个地方比较偏僻，
大自然供他休息。
这家伙从声音判断，
他显然快乐无边；
从他的谈吐里透露
他是十分的满足。
表面看他没有家累，
但后来我才明白——
他是个尽职的爸爸，
养着一窠鸟娃娃。
他那份轻松和逍遥
是上好的忘忧草。
对比鸟儿的自若自如，
我们是大大不如！

生活 1725

我大口吞咽生活,
应该付出的,
正好是一次生存,
这价格合理。

我被一回回对比,
一次次估量,
然后接过那评判,
独自去天堂!

记感 1726

我命中注定的一切悲苦,
　　若今天一齐来临该多好!
今天我感到的无比幸福,
　　悲苦看到了会落荒而逃!

我此生能有的一切欢愉,
　　若今天一齐来临该多好!
他们看见我此刻的欢愉,
　　会觉得自己太微不足道!

1727 辨别的要素

如果我把帽子一脱,
脑子便能离开,
这家伙准适得其所,
无须我做安排。

这时若世界在观察,
可以看得明白;
辨别力能远走天涯,
灵魂随时必在。

无题 1728　男人们为什么这般压抑,
　　　　　难道"不朽"是一种毒液?

1731 爱的无奈

爱非万能扶不起死者,
就算是扶起了,
也拗不过那凶神恶煞,
肉身敌不过它。

爱也会疲劳也有睡意,
爱会饿要觅食,
只能眼看闪闪的小溪
带离死者远去。

1732
死的感受

此生未尽已死过两回，
如今这残生等着看
永恒可是当真要前来，
它于我只是个第三——

它大而无望难以揣想，
就好像前两次一样；
分离无非撒手去天堂，
也正是地狱所巴望。

1736 致死者

我为破碎的心自豪,是你击它;
我为这份痛苦自豪,是你所加。

为夜自豪,你用一个个月亮化开,
我不需你浓情,只用自己的谦卑。

你无法耶稣般夸口,无伴自醉,
那杯烈性苦酒只为他一人准备。

你无法用尖利的刀把古训戳毁,
看!我夺你十字架为自己增辉!

1738 怀念童年

经时间之绵软绒布拭擦——
哀伤已平顺淡远；
童年的城堡也难以挡它——
哀伤曾处处年年。

而今，遭命运之刀切剁，
我们多怀念童年——
绝望洗劫过的童年王国，
特容易修补复原。

长虫 1740

绵软的草地秘密真多,
却忽然碰上长虫,
我们多渴望有房子躲,
于是便立刻转身——

形成了一群乌合之众,
奔逃得十分刺激;
夏天一到长虫就出洞,
现身处出其不意!

人之私 1741

要相信麻烦不再来了,
生活才能够甜蜜;
已认定自己不信什么,
仍难以称心如意。

虽然充其量只不过是
一份未定的遗产,
其胃口便大大受刺激,
感觉也正好相反。

思念 1742

逝者已一天天走远,
生者无休止思念;
似乎他们一定回来,
一年年热切等待。

而后,这一年年追思,
使我们开始现实,
开始变得这般亲爱——
怀着亲切的回忆。

寄语死者 1743

我的小屋就是坟墓,
我在为你管家;
我把客厅收拾整洁,
大理石桌摆茶。

你我只是暂时分离,
相隔也只一圈;
等永生开始的时候,
我们牢牢相连。

人间奥秘

1748

那守口如瓶的火山
封存着清醒打算,
他那个粉红色宏图
从不向外人透露。

如果耶和华讲的事
造化不想再提及,
那么,说人性会长命,
也无须有人倾听!

其实,造化早已警示
多嘴人该封嘴唇,
人世间唯一的奥秘——
人们心中的永生。

无题 1750

兴高采烈的人说出的,
尽是些陈词滥调;
沉默寡然的人体味的,
是一支美丽歌谣。

墓地口占 1752

温顺者已经入土,
我们竟敢活着
对墓地上的余晖
指指点点!

余晖在渐渐隐去,
荒原也匿迹;
在死神蛮横之家,
一切是她的!

思念 1754

没了你,比得到别的
知心更甜美;
干旱固然就是贫瘠,
但是,我有露水!

里海靠连绵的沙国
围住一片水,
缺了这不毛的沙漠,
里海不再!

1755 有感

造一派草原需一株三叶草一只蜂,
一株三叶草,一只蜂,
加美美的梦。
光美梦也行,
如果蜂儿难寻。

母爱 1757

绞架下一个可怜虫,
地狱也嫌弃他,
但是法律不能通融。
当时间幕布要落下,
蹒跚进来个老妇人——
可怜虫的亲妈——
"我的孩子……"声音发颤,
唉,可怜虫不算太可怜!

无题 1758

小鸟儿敢大胆前往,
蜜蜂可肆意嬉游,
外乡人如果想造访,
且请先抹掉泪珠。

有感 1760

至福之地并不遥远——
一如咫尺之屋;
屋子里等待着友人,
不管凶吉祸福。

这样的灵魂多坚强——
它能泰然聆听
那渐渐逼近的脚步
和门启的声音。

墓地纪实 1761

一队人马进入墓园，
一只鸟忽然啼鸣；
它的歌声颤动哀婉，
教堂也钟声齐鸣。

鸟儿曲子稍稍停歇，
欠欠身再动歌喉；
他认为向人们道别，
此刻正是好时候。

造化 1762

造化是凡间妇人该多好，
她几乎甭花时间
便收拾好箱笼，掌管好
气候冷热的变换。

多么急遽重大，有些事
常常是迫在眉睫，
造化总能从从容容处理，
还有一小时余裕！

她把谦卑做得十分美丽，
尽管本已很可爱；
她用"留下"使人着迷，
用"离去"令人感慨。

传闻

1763

"传闻"是只蜂——
它有一支歌,
它有一枚刺,
——哦,它还有翅。

歌 1764

这么凄切，这么悦耳，
疯狂得有增无止——
鸟儿们春天里唱歌，
争先把夜幕揭去。

歌声从三月到四月——
在变幻莫测大地；
夏日的脚步在犹豫，
面目已近得清晰。

歌声引我们想起，曾
和亲人漫游此地；
而今他们去了天国，
留我们孤寂于世。

歌声是往昔的快乐，
回忆是阵阵痛惜；
小鸟呀，别再唱了，
求你们快快飞离。

耳朵教心灵感受痛苦，
像长矛直刺着心；
多愿意耳朵变麻木，
它近得危及到心！

1765 关于爱

爱是现世的一切,
就你我所知;
十足的爱,分量与
重量成正比。

无题 1769

上帝指定的最长一天
随着落日而了结；
巨痛到达了它的界限
也只能开始消歇。

1773 夏日匆匆

夏日我们没有珍惜，
其珍宝太易得到；
一旦它匆匆然离去，
才意识太懒散了！

它毅然穿上了外套，
有板有眼地离开；
赶一趟趟火车跑了，
不及体味其可爱！

1774 极乐和极悲

"极乐"消融了自己,
留不下痕迹;
"极悲"脱光了羽毛,
沉重得飞不起。

地球 1775

地球演奏许多乐曲,
人迹罕见的岛屿
便被认为没有旋律,
可美是自然凭据。

为地球的陆地作证,
为她的海洋作证,
蟋蟀在极力地悲鸣,
我听了觉得伤心。

译者附言

狄金森是专写小诗的大诗家。她的诗全不设标题,全集编者根据诗作的大致先后一一标了序号;拙译则一一拟了标题,序号放在标题后。我这么做,是想让读者在开读一首诗前,瞟一眼标题先对这首诗的意旨心中有数,从而全心全意欣赏这首诗。我觉得这比把诗的首行移作标题有"意思"些,视觉上也美些。但这么做有缺点,比如诗986通篇写蛇却不着一个蛇字,而今却在标题里亮着大大的"蛇",这恐怕正应了那句成语"画蛇添足"!况且,给经典作家的作品"代拟"标题,无论怎么说都属荒唐。且请读者容忍译者荒唐一次。

翻译过程中,译者最耿耿不安的是风格问题。狄金森的风格可以说是前无古人。她重视韵律但不死扣韵脚,她的简洁和黠慧因此无处不在淋漓尽致。译者虽努力亦步亦趋,偶有得手便乐不可支,但更多的时候是抓首挠耳掷笔长叹!弗罗斯特说诗就是翻译时弄丢了的那点东西（Poetry is what gets lost in translation.）。译者不时译成一首后自觉"弄丢"得太多了，只得揉了丢进废纸篓；或一首诗译了几行便觉技穷，半途而废。所以，结集在这里的篇什只能算是一个试译，一块抛砖；每首诗后的三言两语，是译者的学习心得，一孔之见。

正当我沉湎于译狄金森的日子里，二〇〇一年十月十四日，慈母弃养。我一下子觉得自己像独木舟般被死神的利斧掏空了！十一月五日，我译了《送终》，此后又译了狄金森关于死的几首诗，大大寄托了哀思，改善了心境；因此——或者说只有到了此时——才认识到狄金森的深刻伟大和可爱可亲。我决心余生要多读多译狄金森，以此来纪念已弃我而去了的亲人们，和友人们。

周　林　东
二〇〇二年十月十四日慈母忌辰